Le Capitaine Fracasse

FichesdeLecture.com

Le Capitaine Fracasse
(Fiche de lecture)

I. INTRODUCTION

Le Capitaine Fracasse est un roman de Théophile Gautier (1811-1872), d'abord publié sous la forme de feuilleton dans la *Revue nationale et étrangère*, de décembre 1861 à juin 1863.

Le roman paraît en volume chez Charpentier en 1863, c'est-à-dire vingt-cinq ans après l'élaboration de l'oeuvre. En effet, le roman est promis dès 1836 à Renduel, puis annoncé en 1838 pour *la Revue des deux mondes* , prévu en 1853 dans la *Revue de Paris*... mais il faut attendre huit ans plus tard pour enfin en obtenir la publication. Le succès de l'ouvrage est immédiat, car autant le public que la critique acclament le roman de Gautier.

L'écrivain s'est inspiré de nombreuses lectures, dont Scarron et son *Roman comique*, mais aussi de Cyrano, Georges de Scudéry ou encore Saint-Amant. On trouve aussi parfois dans son oeuvre des références plus pointues à des ouvrages spécialisés, parmi lesquels *Les curiosités de l'histoire du vieux Paris* de Jacob.

Le roman nous raconte l'histoire de Sigognac, un baron qui décide de suivre une troupe de comédiens ambulants et prend le nom de scène de « Capitaine Fracasse ».

II. RÉSUMÉ DU ROMAN

Chapitre 1

C'est dans un château placé « entre Dax et Mont-de-Marsan » que vit le baron de Sigognac, avec pour compagnons un domestique âgé, un chat, un chien et un cheval.

Chapitres 2 à 6

En plein hiver, un soir, un groupe de comédiens demande au jeune baron l'hospitalité pour la nuit. Il leur accorde malgré son manque d'argent. Le lendemain, il décide de les suivre dans leurs aventures.

Le roman nous permet de suivre les déplacements de Sigognac et de la troupe. Les tribulations qu'ils vont vivre sont variées, comiques, dramatiques ou parfois simplement grotesques. Quelques histoires d'amour viennent compléter ce tableau.

Chapitre 7

Sigognac, justement, tombe amoureux d'Isabelle, une jeune et belle première. Mais cet amour reste platonique pour le moment. Le baron décide de prendre la place de l'acteur Matamore, qui vient de mourir de froid suite à une tempête de neige. Il prend alors le nom de scène de « Capitaine Fracasse ».

Chapitres 8 et 9

La troupe arrive dans la ville de Poitiers, où Isabelle séduit sans le vouloir le duc de Vallombreuse, un jeune homme qui, dès lors, la poursuit de ses assiduités. Après cette fameuse représentation chez le Marquis des Bruyères, Sigognac cherche alors à déjouer les pièges tendus par Vallombreuse ; il réussit par exemple à échapper aux valets que le duc a envoyés contre lui.

Après s'être vengé en tant que comédien, il décide de laver son honneur d'homme et provoque en duel Vallombreuse.

Ce dernier est blessé, mais ne meurt pas.

Chapitres 10 à 12

Isabelle aime aussi Sigognac, mais elle refuse de l'épouser, car elle ne se sent pas digne de lui, notamment parce qu'elle est comédienne.

Chapitres 13 et 14

Vallombreuse a organisé l'enlèvement d'Isabelle. La jeune femme y échappe de justesse grâce à l'aide de Chiquita. La troupe de comédiens se dirige alors vers Paris. Là, l'écrivain nous livre des descriptions très précises et riches de la vie populaire dans la capitale, notamment des rencontres dans les tavernes de la ville.

Durant tout ce temps, Sigognac échappe à de nombreux guets-apens toujours commandités par Villombreuse. Il manie bien l'épée et s'attire ainsi l'amitié de Jacquemin Lampourde, qui était pourtant chargé de le tuer, sur ordre de Villombreuse.

Chapitres 15 à 22

Survient un nouvel employé de Vallombreuse, un nommé Malartic. Rusé, il parvient à s'emparer d'Isabelle. La comédienne est emprisonnée dans le château du duc. Sigognac s'appuie sur Chiquita pour retrouver sa bien-aimée. Il réussit à la faire évader. Puis l'on découvre qu'Isabelle est en fait la soeur de Vallombreuse. Elle peut donc se marier avec Sigognac. La comédienne s'occupe de faire restaurer le « château de la Misère », qui prend alors le nom de « château du Bonheur ».

Puis, à la toute fin du roman, Belzébuth, le chat de Sigognac, décède et on doit l'enterrer. En creusant sa tombe, les personnages tombent sur un trésor, assurant financièrement leur avenir.

III. PRÉSENTATION DES PERSONNAGES

Le Baron de Sigognac

Le héros du roman est un jeune noble issu d'une lignée autrefois riche et puissante, mais désormais sans le sou. C'est donc un Gascon désargenté qui décide un beau jour de suivre la troupe de comédiens à qui il a accordé l'hospitalité.

Il tombe profondément amoureux d'Isabelle, et doit en conséquence se battre en permanence face aux pièges tendus par le Duc de Vallombreuse. Il fait preuve d'héroïsme et d'intelligence à de nombreuses reprises.

En tant que comédien, il choisit son nom de scène, « le capitaine Fracasse ».

Isabelle

Cette jeune première est comédienne dans la troupe. Elle aussi est amoureuse de Sigognac, mais elle refuse d'aller plus loin avec lui car son honneur lui interdit : elle s'estime en effet peu digne du jeune Baron.

Une partie importante du roman tourne autour des stratagèmes de Vallombreuse pour obtenir la jeune femme.

Chiquita

La jeune adolescente est la figure de la bohémienne revêtue de haillons. Son aide se révèle précieuse pour les membres de la troupe, notamment pour Sigognac qui pourra compter sur elle pour délivrer Isabelle.

Pourtant, lorsqu'ils se rencontrent pour la première fois, Chiquita appartient au groupe de bandits qui attaque les comédiens.

Le Duc de Vallombreuse

C'est un jeune homme fortuné et arrogant, qui est immédiatement attiré par Isabelle (elle se révèlera cependant être sa propre soeur à la fin du roman). Il est prêt à tout pour obtenir la jeune femme, même si cela signifie d'organiser l'assassinat de Sigognac et les tentatives d'enlèvement de la comédienne.

Scapin

Il est le chef de la troupe des comédiens. C'est un personnage optimiste, plein de ressources et bon vivant.

Matamore

L'acteur, qui meurt de froid rapidement dans le roman, est une figure forte de la troupe avant son décès. Il apparaît comme un homme dur et imposant, mais derrière la façade se cache un homme qui aime se vanter et a quelques côtés plus lâches qu'il n'y paraît.

Léandre

Acteur et jeune premier, il joue souvent le rôle de l'amant d'Isabelle lorsqu'ils sont sur scène. Dans la vie, toutefois, il a tendance à être très imbu de sa personne et aime séduire les aristocrates.

Zerbine

La jeune soubrette n'hésite jamais à jeter son dévolu sur les nobles du public, comme c'était souvent le cas à l'époque.

IV. AXES D'ANALYSE

La fantaisie romanesque

Si de prime abord *le Capitaine Fracasse* s'apparente à un roman de cape et d'épée, on ne peut pas le réduire à cet unique genre.

Car Gautier a joué avec les outils de narration romanesque pour contrôler l'ensemble de son intrigue. Concernant les personnages, déjà, tous ressemblent à des stéréotypes dont la psychologie n'est pas développée, ou bien ne dépasse pas la caricature conventionnelle du théâtre. Si l'on ajoute à cela l'improbabilité de nombreux éléments (l'adresse à l'épée de Sigognac ou cette habitude qu'ont les personnages à se trouver au bon endroit et au bon moment pour servir l'intrigue), nous avons l'impression que l'auteur se joue de nous.

Or, la fantaisie de Théophile Gautier est de pouvoir faire preuve d'un grand sens de l'humour et du décalage dans un genre de roman où on ne l'attendait pas. Il aime le pastiche, il aime les traits d'esprit, et cela se ressent dans tout le roman. Il paraît écrire la parodie d'une oeuvre, et l'intrigue ne sert dans cette perspective qu'à servir d'arrière-plan à toutes les fantaisies issues de son imagination.

L'importance des circonstances

La valeur ajoutée du récit est en réalité dans le portrait d'une époque. Nous sommes donc à « l'époque Louis XIII ». Ainsi, si les péripéties des personnages paraissent s'enchaîner un peu trop facilement, on ne peut nier qu'elles s'accordent bien avec la réalité d'une époque.

Le portrait de la vie quotidienne populaire à Paris est à cet égard très bien documenté et construit. Et cela donne une toute nouvelle dimension de lecture au roman.

En effet, là où l'on attendait un récit d'aventures, c'est soudain une mise en abîme « vers l'extérieur » qui surgit, à savoir que se dessine dans l'oeuvre une vaste pièce de théâtre, des décors, puis ses personnages et ses dialogues. C'est dans cet espace que s'inscrit la quête du héros Sigognac, qui malgré les difficultés rencontrées, persiste dans sa quête.

Notons à ce propos que Théophile Gautier avait initialement prévu de vouer son héros à l'échec, en le renvoyant à sa situation et à sa pauvreté initiale. C'est suite aux pressions de son entourage que l'écrivain a décidé de revoir sa copie pour y composer un dénouement heureux, où le héros triomphe des obstacles rencontrés et connaît l'amour auprès de sa bien-aimée.

L'oeuvre peut donc être lue à plusieurs niveaux, à l'image des contes philosophiques : les plus jeunes y verront de belles aventures presque picaresques, tandis que les plus âgés y liront le portrait d'une société et d'une époque, ainsi qu'une ode au théâtre.

Le mélange des genres

Le Capitaine Fracasse est également connu pour avoir mélangé différents genres du romanesque.

On y trouve par exemple des traces de fantastique, à travers un espace imaginaire et mystérieux où s'agitent des questions existentielles sur la vie et la mort. Le roman joue aussi sur la dialectique illusion/réalité.

B.Didier a écrit à propos du roman que : « Le château de Sigognac devient alors le lieu où se jouent plus encore que le destin d'un personnage, les fantasmes d'une scène intérieure. ». Le roman d'aventure est alors très lié à un type de roman beaucoup plus symbolique celui-ci. À travers la quête du héros, vie et théâtre se retrouvent liés, voire confondus.

Ensuite, le *Capitaine Fracasse* est un roman populaire, mais surtout comique. On a d'aileurs pu dire de lui qu'il s'agissait d'un pastiche de Scarron.

À ce titre, on retrouve de nombreux éléments qui correspondent à ces caractéristiques :

- Des personnages de la vie quotidienne ou populaire, ce qui les sépare par exemple de la tragédie. Les protagonistes ne sont pas issus de grandes familles nobles ou mythiques.
- L'aspect naturel des descriptions et de l'écriture.
- Certains aspects picaresques, que l'on retrouve ici dans le côté vagabond de la troupe des comédiens
- Des intrigues sentimentales, avec des histoires d'amour et de séduction. Ici, il est clair que le roman s'apparente à une oeuvre sentimentale, dans la mesure où les sentiments d'Isabelle et de Sigognac sont clairement un moteur de l'action.
- La présence de pièges, d'usage de la ruse et de la filouterie
- L'absence de besoin de personnages extraordinaires ou d'aventures incroyables
- Un goût certain pour la parodie

A. Adam a résumé ainsi le don de Théophile Gautier :

« Artiste dans le sens le plus élevé du terme, puisque l'art ne fut jamais pour lui artifice et procédé, qu'il ne visait pas à étonner, mais à guider le lecteur dans le monde de rêve et de tendresse où il avait fixé sa demeure ».

La postérité de l'oeuvre

Elle est importante et variée, puisqu'on trouve des adaptations du roman au théâtre, au cinéma, ou encore à la télévision.

On peut citer, notamment :

- le film du même nom d'Abel Gance en 1943
- la version de 1961 avec Jean Marais

Dans la même collection en numérique

Les Misérables
Le messager d'Athènes
Candide
L'Etranger
Rhinocéros
Antigone
Le père Goriot
La Peste
Balzac et la petite tailleuse chinoise
Le Roi Arthur
L'Avare
Pierre et Jean
L'Homme qui a séduit le soleil
Alcools
L'Affaire Caïus
La gloire de mon père
L'Ordinatueur
Le médecin malgré lui
La rivière à l'envers - Tomek
Le Journal d'Anne Frank
Le monde perdu
Le royaume de Kensuké
Un Sac De Billes
Baby-sitter blues
Le fantôme de maître Guillemin
Trois contes
Kamo, l'agence Babel
Le Garçon en pyjama rayé
Les Contemplations

Escadrille 80

Inconnu à cette adresse

La controverse de Valladolid

Les Vilains petits canards

Une partie de campagne

Cahier d'un retour au pays natal

Dora Bruder

L'Enfant et la rivière

Moderato Cantabile

Alice au pays des merveilles

Le faucon déniché

Une vie

Chronique des Indiens Guayaki

Je voudrais que quelqu'un m'attende quelque part

La nuit de Valognes

Œdipe

Disparition Programmée

Education européenne

L'auberge rouge

L'Illiade

Le voyage de Monsieur Perrichon

Lucrèce Borgia

Paul et Virginie

Ursule Mirouët

Discours sur les fondements de l'inégalité

L'adversaire

La petite Fadette

La prochaine fois

Le blé en herbe

Le Mystère de la Chambre Jaune

Les Hauts des Hurlevent

Les perses

Mondo et autres histoires

Vingt mille lieues sous les mers

99 francs

Arria Marcella

Chante Luna

Emile, ou de l'éducation
Histoires extraordinaires
L'homme invisible
La bibliothécaire
La cicatrice
La croix des pauvres
La fille du capitaine
Le Crime de l'Orient-Express
Le Faucon malté
Le hussard sur le toit
Le Livre dont vous êtes la victime
Les cinq écus de Bretagne
No pasarán, le jeu
Quand j'avais cinq ans je m'ai tué
Si tu veux être mon amie
Tristan et Iseult
Une bouteille dans la mer de Gaza
Cent ans de solitude
Contes à l'envers
Contes et nouvelles en vers
Dalva
Jean de Florette
L'homme qui voulait être heureux
L'île mystérieuse
La Dame aux camélias
La petite sirène
La planète des singes
La Religieuse
1984 A l'Ouest rien de nouveau
Aliocha
Andromaque
Au bonheur des dames
Bel ami
Bérénice
Caligula
Cannibale
Carmen

Chronique d'une mort annoncée

Contes des frères Grimm

Cyrano de Bergerac

Des souris et des hommes

Deux ans de vacances

Dom Juan

Electre

En attendant Godot

Enfance

Eugénie Grandet

Fahrenheit 451

Fin de partie

Frankenstein

Gargantua

Germinal

Hamlet

Horace

Huis Clos

Jacques le fataliste

Jane Eyre

Knock

L'homme qui rit

La Bête humaine

La Cantatrice Chauve

La chartreuse de Parme

La cousine Bette

La Curée

La Farce de Maitre Pathelin

La ferme des animaux

La guerre de Troie n'aura pas lieu

La leçon

La Machine Infernale

La métamorphose

La mort du roi Tsongor

La nuit des temps

La nuit du renard

La Parure

La peau de chagrin
La Petite Fille de Monsieur Linh
La Photo qui tue
La Plage d'Ostende
La princesse de Clèves
La promesse de l'aube
La Vénus d'Ille
La vie devant soi
L'alchimiste
L'Amant
L'Ami retrouvé
L'appel de la forêt
L'assassin habite au 21
L'assommoir
L'attentat
L'attrape-coeurs
Le Bal
Le Barbier de Séville
Le Bourgeois Gentilhomme
Le Capitaine Fracasse
Le chat noir
Le chien des Baskerville
Le Cid
Le Colonel Chabert
Le Comte de Monte-Cristo
Le dernier jour d'un condamné
Le diable au corps
Le Grand Meaulnes
Le Grand Troupeau
Le Horla
Le jeu de l'amour et du hasard
Le Joueur d'échecs
Le Lion
Le liseur
Le malade imaginaire
Le Mariage de Figaro
Le meilleur des mondes

Le Monde comme il va

Le Parfum

Le Passeur

Le Petit Prince

Le pianiste

Le Prince

Le Roman de la momie

Le Roman de Renart

Le Rouge et le Noir

Le Soleil des Scortas

Le Tartuffe

Le vieux qui lisait des romans d'amour

L'Ecole des Femmes

L'Ecume Des Jours

Les Bonnes

Les Caprices de Marianne

Les cerfs-volants de Kaboul

Les contes de la Bécasse

Les dix petits nègres

Les femmes savantes

Les fourberies de Scapin

Les Justes

Les Lettres Persanes

Les liaisons dangereuses

Les Métamorphoses

Les Mouches

Les Trois mousquetaires

L'étrange cas du Dr Jekyll et de Mr Hyde

L'Ile Au Trésor

L'île des esclaves

L'illusion comique

L'Ingénu

L'Odyssée

L'Ombre du vent

Lorenzaccio

Madame Bovary

Manon Lescaut

Micromégas
Mon ami Frédéric
Mon bel oranger
Nana
Ne tirez pas sur l'oiseau moqueur
Notre-Dame de Paris
Oliver twist
On ne badine pas avec l'amour
Oscar et la dame rose
Pantagruel
Le Misanthrope
Perceval ou le conte du Graal
Phèdre
Ravage
Roméo et Juliette
Ruy Blas
Sa Majesté des Mouches
Si c'est un homme
Stupeur et tremblements
Supplément au voyage de Bougainville
Tanguy
Thérèse Desqueyroux
Thérèse Raquin
Ubu Roi
Un Barrage contre le Pacifique
Un long dimanche de fiançailles
Un secret
Vendredi ou la vie sauvage
Vipère au poing
Voyage au bout de la nuit
Voyage au centre de la terre
Yvain ou le Chevalier au lion
Zadig

À propos de la collection

La série FichesdeLecture.com offre des contenus éducatifs aux étudiants et aux professeurs tels que : des résumés, des analyses littéraires, des questionnaires et des commentaires sur la littérature moderne et classique. Nos documents sont prévus comme des compléments à la lecture des oeuvres originales et aide les étudiants à comprendre la littérature.

Fondé en 2001, notre site FichesdeLectures.com s'est développé très rapidement et propose désormais plus de 2500 documents directement téléchargeables en ligne, devenant ainsi le premier site d'analyses littéraires en ligne de langue française.

FichesdeLecture est partenaire du Ministère de l'Education du Luxembourg depuis 2009.

Plus d'informations sur www.fichesdelecture.com

Notes :